LA
CHARTREUSE;

EPITRE

A M. D. D. N.

PAR L'AUTEUR

DE VER-VERT.

Du 17 Novembre 1734.

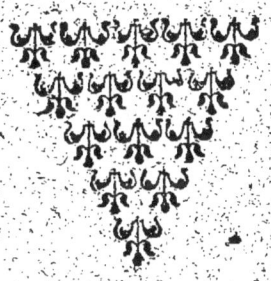

M. DCC. XXXV.

LA
CHARTREUSE.

EPITRE
A M. D. D. N.

POURQUOI de ma sage indolence
   Interrompez-vous l'heureux cours?
Soit raison, soit indifférence,
Dans une douce négligence,
Et loin des Muses pour toujours
J'allois racheter en silence,
La perte de mes premiers jours :
Transfuge des routes ingrates
De l'infructueux Hélicon,
Dans les retraites des Socrates
J'allois jouir de ma raison,
Et m'arracher malgré moi-même
Aux délicieuses erreurs

De cet art brillant & suprême,
Qui malgré ses attraits flateurs
Toujours peu sûr & peu tranquille,
Fait de ses plus chers amateurs
L'objet de la haine imbécille
Des Pédans, des Prudes, des sots,
Et la victime des Cagots :
Mais votre Epître enchanteresse
Trop prodigue d'un vain encens,
Des douces vapeurs du Permesse
Vient encore enyvrer mes sens ;
En vain donc j'abjurois la rime,
L'haleine legere des vents
Emportoit mes foibles sermens,
Aminte, votre goût ranime
Mes accords & ma liberté :
Entre Uranie & Therpsicore
Je reviens m'amuser encore
Au Pinde que j'avois quitté.
Tel par sa pente naturelle,
Par une erreur toujours nouvelle,
Quoiqu'il semble changer son cours,
Autour de la flâme infidelle
Le papillon revient toujours.

Vous voulez qu'en rimes legeres
Je vous offre des traits sinceres
Du gîte où je suis transplanté,
Mais comment faire, en vérité,
Entouré d'objets déplorables
Pourrai-je de couleurs aimables
Egayer le sombre tableau
De mon domicile nouveau?
Y répandrai-je cette aisance,
Ces sentimens, ces traits diserts,
Et cette molle négligence
Qui mieux que l'exacte cadence
Embellit les aimables Vers?
Je ne suis plus dans ces bocages
Où plein de riantes images
J'aimai souvent à m'égarer,
Je n'ai plus ces fleurs, ces ombrages,
Ni vous-même pour m'inspirer.

Quand arraché de vos rivages
Par un destin trop rigoureux
J'entrai dans ces manoirs sauvages,
Dieux! quel contraste douloureux!
Au premier aspect de ces lieux
Pénetré d'une horreur secrete,

Mon cœur subitement flétri,
Dans une surprise muette
Resta long-tems enseveli;
Quoiqu'il en soit, je vis encore,
Et malgré vingt sujets divers
De regrets & de tristes airs,
Ne craignez point que je déplore
Des infortunes en ces Vers:
De l'assoupissante Elegie
Je méprise trop les fadeurs,
Phœbus me plonge en léthargie
Dès qu'il fredonne des langueurs;
Je cesse d'estimer Ovide
Quand il vient sur de foibles tons
Me chanter, pleureur insipide,
De longues lamentations;
Un esprit mâle & vraiment sage,
Dans le plus invincible ennui
Dédaignant le triste avantage
De se faire plaindre d'autrui,
Dans une égalité hardie
Foule aux pieds la terre & le sort,
Et joint au mépris de la vie
Un égal mépris de la mort;

Mais sans cet apreté stoïque
Vainqueur du chagrin léthargique,
Par un heureux tour de penser,
Je sçai me faire un jeu comique
Des peines que je vais tracer :
Ainsi l'aimable Poësie
Qui dans le reste de la vie
Porte assez peu d'utilité,
De l'objet le moins agréable
Vient adoucir l'austérité,
Et nous sauve au moins par la Fable
Des ennuis de la vérité.
C'est par cette vertu magique
Du Telescope poëtique,
Que je retrouve encor les ris
Dans la lucarne infortunée
Où la bizarre destinée
Vient de m'enterrer à Paris.
 Sur cette montagne empestée,
Où la foule toujours crotée
Des Prestolets provinciaux
Trotte sans cause & sans repos,
Vers ces demeures odieuses
Où regnent les longs argumens

Et les harangues ennuyeuſes,
Loin du ſéjour des agrémens :
Enfin pour fixer votre vûe
Dans cette pedanteſque rue,
Où trente faquins d'Imprimeurs
Avec un air de conſéquence,
Donnent froidement audience
A cent fameliques Auteurs,
Il eſt un édifice immenſe
Où dans un loiſir ſtudieux
Les doctes Arts forment l'enfance
Des fils des héros & des Dieux :
Là du toit d'un cinquïéme étage
Dominant avec avantage,
Tout le climat Grammairien
S'éleve un antre aërien,
Un Aſtrologique hermitage,
Qui paroît mieux dans le lointain,
Le nid de quelque oiſeau ſauvage,
Que la retraite d'un humain.
C'eſt pourtant de cette guérite,
C'eſt de ce celeſte tombeau
Que votre ami, nouveau Stylite,
A la lueur d'un noir flambeau,

Panché fur un lit fans rideau,
Dans un deshabillé d'hermite,
Vous griffonne aujourd'hui fans fard,
Et peut-être fans trop de fuite,
Ces Vers enfilés au hazard;
Et, tandis que pour vous je veille
Long-tems avant l'aube vermeille,
Empaqueté comme un Lapon,
Cinquante rats à mon oreille
Ronflent encore en faux-bourdon.
Si ma chambre eft ronde ou quarrée,
C'eft ce que je ne dirai pas,
Tout ce que j'en fçai, fans compas,
C'eft que depuis l'oblique entrée
On peut former jufqu'à fix pas
Dans cette cage refferrée :
Une lucarne mal vitrée,
Près d'une goutiere, livrée
A d'interminables fabats,
Où l'Univerfité des chats
A minuit, en robe fourée
Vient tenir fes bruyans états :
Une table mi-démembrée,
Près du plus humble des grabats ;

Six brins de paille délabrée
Treffés fur deux vieux échalats ;
Voilà les meubles délicats
Dont ma Chartreufe eft décorée ;
Et que les freres de Borée
Bouleverfent avec fracas ,
Lorfque fur ma niche éthérée
Ils préludent aux fiers combats
Qu'ils vont livrer fur vos climats ;
Ou quand leur troupe conjurée
Y vient préparer ces frimats
Qui verfent fur chaque contrée
Les cathares & le trépas.
Je n'outre rien ; telle eft en fomme
La demeure où je vis en paix
Concitoyen du peuple Gnôme,
Des Sylphides & des follets ,
Telles on nous peint les tannieres
Où giffent , ainfi qu'au tombeau,
Les Pythoniffes , les Sorcieres
Dans le donjon d'un vieux château ;
Ou tel eft le fublime fiége
D'où flanqué des trente-deux Vents,
L'Auteur de l'Almanach de Liége

Lorgne l'histoire du beau tems,
Et fabrique avec privilege
Ses astronomiques Romans.
     Sur ce portrait abominable
On penseroit qu'en lieu pareil
Il n'est point d'instant délectable
Que dans les heures du sommeil.
Pour moi, qui d'un poids équitable
Ai pesé des foibles mortels
Et les biens & les maux réels ;
Qui sçai qu'un bonheur véritable
Ne dépendit jamais des lieux ;
Que le palais le plus pompeux
Souvent renferme un misérable,
Et qu'un désert peut être aimable
Pour quiconque sçait être heureux ;
De ce Caucase inhabitable
Je me fais l'Olympe des Dieux :
Là dans la liberté suprême,
Semant de fleurs tous mes instans,
Dans l'empire de l'hyver même
Je trouve les jours du printemps.
Calme heureux, loisir solitaire !
Quand on rencontre ta douceur,
Quel antre n'a pas de quoi plaire ?

Quelle caverne est étrangere
Lorsqu'on y trouve le bonheur ?
Lorsqu'on y vit sans spectateur
Dans le silence litteraire,
Loin de tout importun jaseur,
Loin des froids discours du vulgaire
Et des hauts tons de la grandeur ;
Loin de ces troupes doucereuses
Où d'insipides précieuses
Et de petits fats ignorans
Viennent, conduits par la folie
S'ennuyer en cérémonie
Et s'endormir en complimens ;
Loin de ces plattes cotteries
Où l'on voit souvent réunies
L'Ignorance en petit manteau ,
La Bigoterie en lunettes,
La Minauderie en cornettes,
Et la Réforme en grand chapeau ;
Loin de ce médisant infâme
Qui de l'imposture & du blâme
Est l'impur & bruyant écho ;
Loin de ces sots attrabilaires
Qui, cousus de petits mysteres ,

Ne vous parlent qu'incognito ;
Loin de ces ignobles Zoïles
De ces enfileurs de dactyles
Coeffés de phrases imbéciles
Et de classiques préjugez,
Et qui de l'envelope épaisse
Des Pedans de Rome & de Grece
N'étant point encor dégagés,
Portent leur petite sentence
Sur la rime & sur les Auteurs,
Avec autant de connoissance,
Qu'un aveugle en a des couleurs ;
Loin de ces voix acariâtres
Qui dogmatisant sur des riens,
Apportent dans les entretiens
Le bruit des bancs opiniâtres
Et la profonde déraison
De ces disputes soldatesques
Où l'on s'insulte à l'unisson,
Pour des miséres pédantesques
Qui sont bien moins la vérité
Que les rêves creux & burlesques
De la crédule antiquité ;
Loin de la gravité chinoise,

De ce vieux Druide empefé
Qui fous un air fymetrifé
Parle à trois tems, rit à la toife,
Regarde d'un œil aprêté
Et m'ennuye avec dignité ;
Loin de tous ces faux Cenobites
Qui, voués encor tout entiers
Aux vanitez qu'ils ont profcrites
Errans de quartiers en quartiers,
Vont dans d'équivoques vifites
Porter leurs faces parafites
Et le dégoût de leurs Moûtiers ;
Loin de ces fauffets du Parnaffe,
Qui, pour avoir glapi par fois
Quelque épithalame à la glace
Dans un petit monde bourgeois,
Ne caufent plus qu'en folles rimes,
Ne vous parlent que d'Apollon,
De Pegafe & de Cupidon,
Et telles fadeurs fynonimes,
Ignorans que ce vieux jargon
Relégué dans l'ombre des claffes
N'eft plus aujourd'hui de faifon
Chez la brillante fiction,

Que les tendres lyres des Graces
Se montent sur un autre ton,
Et qu'enfin de la foule obscure
Qui rampe au marais d'Helicon,
Pour sauver ses vers et son nom,
Il faut être sans imposture
L'interpréte de la Nature
Et le peintre de la Raison.
Loin enfin, loin de la présence
De ces timides discoureurs,
Qui, non guéris de l'ignorance
Dont on a paîtri leur enfance,
Restent noyés dans mille erreurs,
Et damnent toute ame sensée,
Qui loin de la route tracée
Cherchant la persuasion,
Ose soustraire sa pensée
A l'aveugle prévention.
A ces traits je pourrois, Aminte,
Ajouter encor d'autres mœurs,
Mais sur cette légere empreinte
D'un peuple d'ennuyeux causeurs
Dont j'ai nuancé les couleurs,
Jugez si toute solitude

Qui nous fauvé de leurs vains bruits
N'est point l'azile & le pourpris
De l'entiere béatitude :
Que dis-je ? Est-on feul, après tout,
Lorfque touché des plaifirs fages
On s'entretient dans les ouvrages
Des Dieux, de la lyre & du goût ?
Par une illufion charmante
Que produit la verve brillante.
De ces Chantres ingénieux,
Eux-mêmes s'offrent à mes yeux,
Non, fous ces vêtemens funébres,
Non, fous ces dehors odieux
Qu'apportent du fein des ténébres
Les Phantômes des malheureux,
Quand, vangeurs des crimes célébres,
Ils montent aux terreftres lieux ;
Mais fous cette parure aifée,
Sous ces lauriers vainqueurs du fort
Que les citoyens d'Elizée
Sauvent du fouffle de la mort.

Tantôt de l'azur d'un nuage
Plus brillant que les plus beaux jours,
Je vois fortir l'ombre volage

D'Anacréon ce tendre sage,
Le Nestor du galant rivage,
Le Patriarche des Amours,
Epris de son doux badinage,
Horace accourt à ses accens,
Horace, l'ami du bon sens,
Philosophe sans verbiage,
Et Poëte sans fade encens.
Autour de ces ombres aimables
Couronnés de roses durables,
Chapelle, Chaulieu, Pavillon,
Et la naïve Deshoulieres
Viennent unir leurs voix légeres
Et font badiner la raison,
Tandis que le Tasse & Milton
Pour eux des trompettes guerrieres
Adoucissent le double son.
Tantôt à ce folâtre groupe
Je vois succeder une troupe
De morts un peu plus sérieux,
Mais non moins charmans à mes yeux ;
Je vois Saint Réal & Montagne
Entre Seneque & Lucien ;
Saint Evremont les accompagne,

Sur la recherche du vrai bien
Je les vois porter la lumiere,
La Rochefoucault, la Bruyere
Viennent embellir l'entretien ;
Bornant aux doux fruits de leurs plumes
Ma bibliotheque & mes vœux,
Je laisse aux sçavãtas poudreux
Ce vaste cahos de volumes.
Dont l'erreur & les sots divers
Ont infatué l'univers ;
Et qui sous le nom de science
Semés & reproduits par tout
Immortalisent l'ignorance,
Les mensonges & le faux goût.

C'est ainsi que par la présence
De ces morts vainqueurs des destins
On se console de l'absence,
De l'oubli même des humains :
A l'abri de leurs noirs orages
Sur la cime de mon rocher
Je vois à mes pieds les naufrages
Qu'ils vont imprudemment chercher ;
Pourquoi dans leur foule importune
Voudriez-vous me rétablir ?
Leur estime ni leur fortune.

Ne me coûtent point un défir :
Pourrois je, en proye aux foins vulgaires,
Dans la commune illufion,
Offufquer mes propres lumieres
Du bandeau de l'opinion ?
Irois-je, adulateur fordide,
Encenfer un fot dans l'éclat,
Amufer un Cræfus ftupide,
Et Monfeigneurifer un fat ?
Sur ces efpérances frivoles
Adorer avec lâcheté
Ces chimeriques fariboles
De grandeur & de dignité ?
Et vil client de la fierté,
A de méprifables idoles
Proftituer la vérité ?
Irois-je par d'indignes brigues
M'ouvrir des Palais faftueux,
Languir dans de folles fatigues,
Ramper à replis tortueux
Dans de puériles intrigues
Sans ofer être vertueux ?
De la fublime Poëfie
Profanant l'aimable harmonie,

Irois-je par de vains accens
Chatouiller l'oreille engourdie
De cent ignares importans,
Dont l'ame massive, assoupie
Dans des organes impuissans,
Ou livrée aux fougues des sens,
Ignore les dons du génie
Et les plaisirs de sentimens ?
Irois-je pâlir sur la rime,
Dans un siecle insensible aux Arts,
Et de ce rien qu'on nomme estime
Affronter les nombreux hazards?
Et d'ailleurs quand la Poësie
Sortant de la nuit du tombeau,
Reprendroit le sceptre & la vie
Sous quelque Richelieu nouveau,
Pourrois-je au char de l'immortelle
M'enchaîner encor pour long-tems ?
Quand j'aurai passé mon printems
Pourrois-je vivre encor pour elle?
Car, enfin, au lyrique ~~effort~~ *essor*
Fait pour nos bouillantes années,
Dans de plus solides journées
Voudrois-je me livrer encor?

Perſuadé que l'harmonie
Ne verſe ſes heureux préſens
Que ſur le matin de la vie,
Et que ſans un peu de folie
On ne rime plus à trente ans,
Suivrois-je un jour à pas peſans,
Ces vieilles Muſes douairieres,
Ces meres ſeptuagenaires
Du Madrigal & des Sonnets,
Qui n'ayant été que Poëtes
Rimaillent encore en lunettes
Et meurent au bruit des ſifflets ?
Egaré dans le noir Dédale,
Où le phantôme de Thémis
Couché ſur la pourpre & les lys
Panche la balance inégale,
Et tire d'une urne vénale
Des Arrêts dictés par Cypris,
Irois-je, Orateur mercenaire,
Du faux & de la vérité,
Chargé d'une haine étrangere,
Vendre aux querelles du vulgaire,
Ma voix & ma tranquillité;
Et dans l'antre de la chicane

Aux loix d'un Tribunal profane,
Pliant la loi de l'immortel
Par une éloquence Anglicane
Sapper & le Thrône & l'Autel ?
Aux fentimens de la nature
Aux plaifirs de la vérité
Préferant le goût frelaté
Des plaifirs qu'a fait l'impofture
Ou qu'inventa la vanité
Voudrois-je partager ma vie,
Entre les jeux de la folie
Et l'ennui de l'oifiveté,
Et trouver la mélancolie
Dans le fein de la volupté ?
Non, non, avant que je m'enchaîne
Dans aucun de ces vils partis,
Vos ~~Ces~~ rivages verront la Seine
Revenir aux lieux d'où j'écris.

Des Mortels j'ai vû les chimeres,
Sur leurs fortunes menfongeres
J'ai vû regner la folle erreur,
J'ai vû mille peines cruelles
Sous un vain mafque de bonheur,
Mille petiteffes réelles

Sous une écorce de grandeur,
Mille lâchetez infidelles
Sous un coloris de candeur,
Et j'ai dit au fond de mon cœur :
Heureux, qui dans la paix secrette
D'une libre & belle retraite
Vit ignoré, content de peu,
Et qui ne se voit point sans cesse,
Jouet de l'aveugle Déesse
Ou dupe de l'aveugle Dieu.

   A la sombre Misantropie
Je ne dois point ces sentimens,
D'une fausse Philosophie
Je hais les vains raisonnemens,
Et jamais la bigoterie
Ne décida mes jugemens,
Une indifference suprême,
Voilà mon principe & ma loi,
Tout lieu, tout destin, tout système
Par là devient égal pour moi ;
Où je vois naître la journée,
Là, content j'en attends la fin,
Prêt à partir le lendemain,
Si l'ordre de la destinée

Vient m'ouvrir un nouveau chemin.
   Pour oppofer un goût rebelle
A ce Domaine fouverain,
Je me fuis fait du fort humain
Une peinture trop fidelle ;
Souvent dans les champêtres lieux
Ce portrait frappera vos yeux :
En promenant vos rêveries
Dans le filence des prairies,
Vous voyez un foible rameau
Qui, par les jeux du vague Eole
Enlevé de quelque arbriffeau
Quitte fa tige, tombe, & vole
Sur la furface d'un ruiffeau :
Là, par une invincible pente
Forcé d'errer & de changer,
Il flotte au gré de l'onde errante,
Et, d'un mouvement étranger
Souvent il paroît, il furnâge,
Souvent il eft au fond des eaux ;
Il rencontre fur fon paffage
Tantôt un fertile rivage
Bordé de côteaux fortunés,
Tantôt une rive fauvage

Et

Et des deferts abandonnés;
Parmi ces erreurs continues
Il fuit, il vogue jufqu'au jour
Qui l'enfevelit à fon tour
Au fein de ces mers inconnues
Où tout s'abîme fans retour.

    Mais, qu'ai-je fait? Pardon, Aminte,
Si je viens de moralifer;
Dans une lettre fans contrainte
Je ne prétendois que caufer.
Où font, hélas! ces douces heures
Où dans de plus cheres demeures
Partageant vos difcours charmans
Je partageois vos fentimens?
Dans ces folitudes riantes
Quand me verrai-je de retour?
Courez, volez, heures trop lentes
Qui retardez cet heureux jour:
Oui, dès que les defirs aimables
Joints aux fouvenirs délectables
M'emportent vers ce doux féjour,
Paris n'a plus rien qui me pique:
Dans ce Jardin fi magnifique
Embelli par les yeux des Rois,

C

Je regrette ce Bois ruſtique
Ou l'Echo répétoit nos voix,
Sur ces rives tumultueuſes
Où les paſſions faſtueuſes
Font regner le luxe & le bruit,
Juſques dans l'ombre de la nuit,
Je regrette ce tendre azyle
Où, ſous des feuillages ſecrets
Le ſommeil repoſe tranquille
Dans les bras de l'aimable paix.
A l'aſpect de ces eaux captives
Qu'en mille formes fugitives
L'art ſçait enchaîner dans les airs,
Je regrette cette onde pure
Qui, libre dans nos antres verds
Suit la pente de la nature,
Et ne connoſt point d'autres fers.
En admirant la mélodie
De ces voix, de ces ſons parfaits,
Où le goût brillant d'Auſonie
Se mêle aux agrémens françois,
Je regrette les chanſonnettes
Et le ſon des ſimples muſettes
Dont retentiſſent les côteaux,

Quand vos Bergeres fortunées
Sur le soir des belles journées
Ramenent gayement leurs troupeaux,
Dans ces Palais où la mollesse
Sur une toile enchanteresse
Offre les fastes de sa Cour,
Je regrette ces jeunes hêtres
Où ma muse plus d'une fois
Grava les louanges champêtres
Des Divinitez de vos Bois.
Parmi la foule trop habile
Des beaux discours du nouveau style,
Qui, par de bizarres détours
Quittant le ton de la nature,
Répandent sur tous leurs discours
L'académique enluminure
Et le vernis des nouveaux tours,
Je regrette la bonhommie
L'air loyal, l'esprit non pointu
Et le patois tout ingénu
Du Curé de la Seigneurie
Qui n'usant point sa belle vie
Sur des écrits laborieux,
Parle comme nos bons ayeux

C iij

Et donneroit, je le parie,
L'Hiftoire, les Héros, les Dieux
Et toute la Mithologie
Pour un cartaut de Condrieux.

Ainfi de mes plaifirs d'Automne
Je me remets l'enchantement,
Et de la tardive Pomone,
Rappellant le régne charmant,
Je me redis inceffamment :
Dans ces folitudes riantes
Quand me verrai-je de retour ?
Courez, volez, heures trop lentes
Qui retardez cet heureux jour ;
Claire fontaine, aimable Ifore,
Rive, où les Graces font éclorre
Des fleurs & des jeux éternels,
Près de ta fource, avant l'aurore
Quand reviendrai-je boire encore
L'oubli des foins & des mortels ?
Dans cette gracieufe attente
Aminte, l'amitié conftante
Entretenant mon fouvenir,
Elle endort ma peine préfente
Dans les fonges de l'avenir.

   Lorſque le Dieu de la lumiere
Echappé des feux du Lion
Des Dieux que couronne le lierre
Ouvrira l'aimable ſaiſon,
J'en jure le pélerinage :
Envolé de mon hermitage
Je vous apparoîtrai ſoudain
Dans ce Parc d'éternel ombrage
Ou ſouvent vous rêvez en Sage
Les lettres d'Usbeck à la main ;
Ou bien dans ce vallon fertile,
Ou cherchant un ſecret azyle
Et trouvant des perils nouveaux,
La Perdrix en vain fugitive
Rappelle ſa troupe craintive
Que nous cherchons ſur les côteaux.
Vous me verrez toujours le même
Mortel ſans ſoin, ami ſans fard,
Penſant par goût, vivant ſans art,
Et vivant dans un calme extrême
Au gré du tems & du hazard :
Là, dans de charmantes parties
D'humeurs liantes, aſſorties,
Portant des eſprits déchargés

De foucis & de préjugez,

Et retranchant de notre vie

Les façons, la céremonie,

Et tout populaire fardeau,

Loin de l'humaine Comédie,

Et comme en un monde nouveau,

Dans une charmante pratique

Nous réaliferons enfin

Cette petite République

Si long-tems projettée en vain.

Une Divinité commode,

L'Amitié, fans bruit, fans éclat,

Fondera ce nouvel Etat,

La Franchife en fera le Code,

Les Jeux en feront le Senat,

Et fur un Tribunal de rofes,

Siége de notre Confulat,

L'Enjouement jugera les caufes,

On exclura de ce climat

Tout ce qui porte l'air d'étude,

La Raifon, quittant fon ton rude,

Prendra le ton du Sentiment,

La Vertu n'y fera point prude,

L'Efprit n'y fera point pédant,

Le Sçavoir n'y fera mettable
Que fous les traits de l'Agrément ;
Pourvû que l'on fçache être aimable
On y fçaura fuffifamment ;
On y profcrira l'étalage
Des Phrafiers, des Rhéteurs bouffis ,
Rien n'y prendra le nom d'ouvrage ,
Mais fous le nom de badinage
Il fera quelquefois permis
De rimer quelques chanfonnettes
Du poëtique coloris, *Et d'embellir quelques Sornett*
En répandant avec fineffe
Une nuance de fageffe
Jufques fur Bacchus & les Ris.
Par un Arrêt en vaudevilles
On bannira les faux plaifans,
Les Cagots fades & rampants,
Les Complimenteurs imbecilles
Et le peuple des froids Sçavans.
Enfin, cet heureux coin du monde
N'aura pour but dans fes Statuts
Que de nous fouftraire aux abus
Dont ce bon Univers abonde ;
Toujours fur ces lieux enchanteurs

Le Soleil levé sans nuages
Fournira son cours sans orages,
Et se couchera dans les fleurs.
Pour prévenir la décadence
Du nouvel établissement,
Nul indiscret, nul inconstant
N'entrera dans la confidence,
Ce canton veut être inconnu,
Ses charmes, sa béatitude
Pour baze ayant la solitude,
S'il devient peuple, il est perdu.
Les Etats de la République
Chaque Automne s'assembleront,
Et là, notre regret unique,
Nos uniques peines seront
De ne pouvoir toute l'année
Suivre cette loi fortunée
De Philosophiques loisirs,
Jusqu'à ce moment où la Parque
Emporte dans la même barque
Nos jeux, nos cœurs, & nos plaisirs.

F I N.

www.ingramcontent.com/pod-product-compliance
Lightning Source LLC
Chambersburg PA
CBHW061616180626
46818CB00005B/2106